आवारा दिल

ध्यान, समापन, उन्नयन

खुशी श्री

Made with love on the Notion Press Platform
www.notionpress.com

आवारा दिल

ध्यान, समापन, उन्नयन

खुशी श्री

सभी गुरुओं और विद्यार्थियों
जो अपने संघर्षों में भी सीखने और सिखाने
के बीच भी सपनों को जीवित रखना जानते हैं।

कर्म सूची

संगीत सूची

कहो ना कहो – आमिर जमाल

बम बम बोले – शान

एक ज़िंदगी – तनिष्का संघवी

फिकर नॉट – नक्ष अज़ीज़

माइक्रोकोसमोस – बी टी एस

कल हो ना हो – सोनूनिगम

इश्क़ बुलावा – सनम पुरी

पल पल दिल के पास – परंपरा टंडन

तेरा चेहरा – अरिजीत सिंह

हमनवा मेरे – जुबिन नौटियाल

दिल इबादत – के.के.

खुशी श्री दुनिया का सादर प्रणाम!
यहाँ खुशी मिलेगी... या ना मिलेगी...
यह आप पर निर्भर होता है।

निशिथ

सात लम्हे ठहरे

"क्या सचमुच प्यार में इतनी ताक़त होती है, कि वह पूरी दुनिया को जला सके?" भास्कर ने वसुमति से पूछा, जैसे ही मैं कैंटीन में कदम रखा। एक प्लास्टिक बैग जिसमें स्नैक्स थे, मेरे हाथ में हल्की-हल्की खनक कर रहा था, वह सवाल मेरे कानों में आकर ठहर गया।

उसके शब्द खतरनाक, नाटकीय, लगभग भविष्यवाणी जैसी। ऐसा सवाल जिसे लोग तभी पूछते हैं जब उनका खुद का संसार कभी जल चुका नहीं होता।

मैं दरवाजे के ठीक अंदर ही रुक गया। कैंटीन में हमेशा की तरह भीड़ थी। तेल की गंध, मीठी चीज़ों की हल्की चिपचिपाहट, और लोगों की हँसी सब कुछ वैसे ही था। मेज़ें भरी थीं, कुर्सियाँ की खड़खड़ाहट हो रही थी, और हर कोई अपने-अपने छोटे संसार में व्यस्त था।

यह कैंपस का एकमात्र स्थान था जिसे मैं दिल से नफरत करता।

भीड़ से मुझे कभी परहेज़ नहीं रहा। अराजकता की वजह से नहीं। बल्कि इसलिए क्योंकि यहाँ वह चीज़ें कभी नहीं थीं जो मेरी वसुमति को पसंद थीं। न कोई लेज़ था, न सही फ्राइज़। न वो पतली, नमकीन चिप्स जो उसके उंगलियों को रंग देती थीं। न कोई क्रीम बिस्किट, जिसे वह सावधानी से तोड़ती और भराव को चाटती, फिर दिखावा करती कि उसने कुछ नहीं किया।

तो मैं शिकार पर निकल पड़ा।

दो दुकानों में गया। एक घुमाव। एक बेवजह की बहस उस दुकानदार से जिस ने यह नहीं समझा कि ब्रांड क्यों मायने रखता है। मैंने एक बैग भरा लाया उन चीज़ों से, जिनका किसी और के लिए कोई मतलब नहीं था, लेकिन उसके लिए सब कुछ था।

भले ही वे मूर्खतापूर्ण स्नैक्स थे। खासकर इसलिए कि वे मूर्खतापूर्ण स्नैक्स थे।

मेरी नजरें केवल एक चीज़ ढूँढीं। वसुमति। वह खुद में लिपटी हुई बैठी थी, ठोड़ी अपने हाथ पर टिकाए, वैसे ही सुन रही थी जैसे वह हमेशा करती थी। चुपचाप, मानो उसने पूरी दुनिया को आत्मसात किया हो, फिर तय कर रही हो कि क्या वह जवाब देने लायक है।

वह रिया और सुस्मिता के बीच बैठी थी, उसके कंधे आराम से झुके हुए थे, उसकी मौजूदगी सहज थी, जैसे पूरी दुनिया ने खुद को थोड़ा सा स्थान देने के लिए बदल लिया हो। उनके सामने भास्कर, युवन और प्रणय बैठे थे, आराम से फैलाए हुए, जैसे दुनिया नेउनके लिए पहले ही जगह बना दी हो।

मेरे सबसे अच्छे दोस्त। मेरे लोग। मेरी टोली।

हमारी मुलाकात काउंसलिंग डे पर हुई थी, वह दिन जब विश्वविद्यालय ने हमें हमारी आज्ञाकारी प्रतियों में ढालने की कोशिश की थी। वह दिन जब माता-पिता ने जोश से ज़्यादा आवाज़ में बात की थी। वह दिन जब हम सभी ने, किसी न किसी रूप में, यह सीखा कि मार्गदर्शित होने का अनुभव कैसा होता है।

हममें से कोई भी यहाँ इसलिए नहीं था क्योंकि हम कक्षा या लेक्चर या मार्कशीट पर सुंदर ढंग से छपे ग्रेड से प्यार करते थे। हम यहाँ थे क्योंकि हमें जुनून पर जीवित रहने को चुनने के लिए मजबूर किया गया था।

वसुमति कला की छात्रा थी, उसका दिल तीरंदाजी की ओर खिंचा हुआ था। सुस्मिता विज्ञान पढ़ती थी, लेकिन बैडमिंटन उसकी भाषा थी, तेज़ कदमों वाली। रिया प्रबंधन की छात्रा थी, लेकिन उसकी आत्मा बर्फ़ पर रहती थी, फिगर स्केटिंग ब्लेड में सुंदरता उकेलती।

भास्कर, एक CFP छात्र, फुटबॉल के लिए जीता था। चाल में रणनीति। नियमों के साथ अराजकता। युवन ने कॉमर्स चुना, लेकिन क्रिकेट ने उसे पहले चुना। धैर्य, समय, सहनशीलता। प्रणय, CSE छात्र, अपने हड्डियों में रग्बी की हिंसा लेकर चलता था, गति, और किसी के लिए माफी नहीं।

और मैं। निशिथ। एक कानून का छात्र, जो बहस करने, विश्लेषण करने और बचाव करने में प्रशिक्षित था। लेकिन मेरी निष्ठा चौंसठ खानों और चुप युद्धों के साथ थी। शतरंज। जहाँ शक्ति शांत होती है, चालें योजनाबद्ध होती हैं, और जीत उन्हीं को मिलती है जो इंतजार करते हैं।

अलग विभाग। अलग रास्ते। अलग विषय। अलग जुनून।

फिर भी किसी तरह, हम एक ही सच्चाई से बंधे हुए थे: हम सभी ऐसे खेल खेल रहे थे जिन्हें दुनिया मंज़ूर नहीं करती थी। और उन लोगों से प्यार कर रहे थे, जिनके बारे में हमें कभी चेतावनी नहीं दी गई थी कि यह खतरनाक साबित होगा।

"प्यार दुनिया को नहीं जलाता, भास्कर," वसुमति ने कहा, उसकी आवाज़ नरम पर सटीक थी। "लोग जलाते हैं। प्यार बस उन्हें माचिस का तीलियाँ देता है।"

टेबल पर एक पल को सन्नाटा-सा छा गया। वसु ने अपनी उंगलियों से मेज़ पर हल्की-सी लकीर खींची, जैसे कोई अनकही बात वहीं लिख रही हो।

"प्यार..." उसने बहुत धीमे स्वर में कहा, "...वह तो बस चुपचाप बदल देता है। इतना धीरे कि हमें पता भी नहीं चलता और जब समझ आता है, तब तक हम पहले जैसे रह ही नहीं जाते।"

सुस्मिता की भौंहें सिकुड़ गईं। "मतलब... दुनिया नहीं जलती, बस... इंसान को ऐसा लगता है?"

"हाँ," वसु ने उसकी ओर देखा, "और कभी-कभी वह एहसास इतना सच्चा होता है कि उसे फर्क समझ में ही नहीं आता।"

रिया ने धीरे से सिर हिलाया, "अगर कुछ जलता है ना, तो वह इंसान खुद होता है। अपनी उम्मीदों में, अपने डर में, अपने ही बनाए हुए ख्वाबों में।"

"तो," भास्कर अपनी कुर्सी पर पीछे झुकते हुए, दो पैरों पर संतुलन बनाते हुए जैसे गुरुत्वाकर्षण उसका मालिक हो, "अगर प्यार दुनिया को जला सकता है, तो क्या मतलब है कि दिल टूटने से यह पानी में डूब जाती है? या जम जाती है?"

"हाय राम!" सुस्मिता ने हँसते हुए कहा और डेरीमिल्क का आवरण उस पर फेंका। "तुम बिना निगरानी के मैगी भी नहीं जला सकते थे!"

प्रणय जोर से और बिना किसी माफी के हँसा। "सच! भाई को लगता है वह दुखद है सिर्फ इसलिए कि उसने पिछले हफ्ते गोल मिस कर दिया।"

"वो गोल मायने रखता था!" भास्कर पलट कर बोला जैसे अभी उसने TED टॉक दिया हो। "तुम्हारे पूरे अकादमिक करियर की तरह नहीं!"

युवन, हमेशा शांत, अपनी चाय हिलाते हुए बोला। "सांख्यिकीय दृष्टि से, हमारे सारे करियर संदिग्ध हैं। हम सभी अपनी बेहतरीन खेल प्रतिभा को उन डिग्रियों में बर्बाद कर रहे हैं जिनकी हमें परवाह नहीं।"

प्रणय ने फुँफकारा। "क्योंकि हमारे माता-पिता सोचते हैं कि मांसपेशियाँ पच्चीस की उम्र में खत्म हो जाती हैं और सिर्फ़ सर्टिफ़िकेट ही अच्छी तरह पुराना दिखते हैं।"

"बुरा!" युवन ने हल्के स्वर में कहा, चाय पीते हुए। "मेरे माता-पिता सोचते हैं क्रिकेट एक शौक है और कॉमर्स बैकअप पर्सनैलिटी।"

सुस्मिता ने अपनी आँखें घुमाईं और अपनी स्प्राइट की कैन खोलते हुए हिस्स की आवाज़ निकाली। "कम से कम तुम्हारे माता-पिता तुम्हारे खेल के अस्तित्व को मानते हैं। मेरे अभी भी सोचते हैं कि बैडमिंटन वो खेल है जो लोग पिकनिक में खेलते हैं।"

रिया ने अपनी बाँहें क्रॉस की और कराहते हुए बोली। "ऐसे देश में फिगर स्केटिंग समझाने की कोशिश करो जहाँ लोग सोचते हैं बर्फ़ सिर्फ़ पेय पदार्थों के लिए है।"

भास्कर मुस्कुराया। "कम से कम तुम सभी दुख सहते हुए भी सुंदर दिखते हो। मैं नब्बे मिनट दौड़ता हूँ और फिर भी मुझे बैठकर बैलेंस शीट पढ़ने के लिए कहा जाता है।"

तब वसुमति ने बोला, नरम, सटीक, घातक। "शायद समस्या यह है कि आप सभी सोचते हैं सफलता केवल एक ही रूप में दिखती है।"

सभी चुप हो गए। मैंने उसे देखा जैसे मैं हमेशा करता था। खुलेआम नहीं, जाहिर तौर पर नहीं। जिस तरह उसकी उंगलियाँ मेज़ के किनारे से खेलती थीं। जिस तरह उसे सुने जाने के लिए अपनी आवाज़ ऊँची करने की ज़रूरत नहीं थी।

भास्कर ने सीटी बजाई। "हाय राम! कला की छात्राएं खतरनाक हैं!"

"सही करना, भास्कर," मैंने शांतिपूर्वक कहा, उनकी ओर बढ़ते हुए। "वह बिल्कुल सही है।"

भास्कर ने मुझे देखा और मुस्कुरा दिया, "अरे, निशिथ! आ गया तू! इधर आ... तू ही बता, तेरे हिसाब से क्या है प्रेम?"

अब सबकी नज़रें मेरी ओर थीं। मैंने एक पल के लिए वसु की ओर देखा। उसकी भूरी आँखें मुझ पर पड़ीं, क्षणिक और पढ़ने लायक नहीं। बस एक पल के लिए, दुनिया संकरी हुई। कैंटीन की आवाज़ मंद हो गई। सवालों ने जलना बंद कर दिया।

यही था चुपचाप प्यार करने का खतरा। आप सब कुछ देख लेते हैं। और बाकी सभी को कुछ भी दिखाई नहीं देता।

"मेरे हिसाब से..." मैंने शब्द खोजते हुए कहा, "...प्रेम में इतनी ताक़त होती है... कि इंसान बिना सोचे कुछ भी कर जाता है।"

मैंने स्नैक का बैग मेज़ पर स्लाइड किया, सीधे वसु के सामने और देखा कि उसकी भौंहें उठीं। "तुम बाहर गए, निशिथ?!"

मैंने कंधे उचका दिए और अपनी कुर्सी पर गिरा, उसके सामने, भास्कर के पास। "कैंटीन का स्वाद बहुत खराब है।"

मुझे कुर्सियों की व्यवस्था नापसंद थी। दूरी नापसंद थी। नापसंद था कि मुझे उसे देखने के लिए मेज़ के पार देखना पड़ता था, उसके पास नहीं।

वसु ने बैग खोला, उसकी आँखें चमक उठीं, होंठ हिले, जैसे वह मुस्कान को दबा रही हो। वह लगभग नज़र न आने वाली, छोटी प्रतिक्रिया मुझे एक ऐसी जीत जैसी लगी जिसे मैंने योजना नहीं बनाई थी लेकिन वैसे भी स्वीकार कर लिया।

सुस्मिता ने उसे झुकाया, कैन के पीछे मुस्कान छिपाते हुए। "तुम जानते हो, उसने फिर से तुम्हारे स्नैक्स लाए हैं।"

वसु ने बैग की ओर देखा, फिर मुझ पर। "तुम्हें ऐसा करने की ज़रूरत नहीं थी, निशिथ।"

"मुझे पता है, वसु।" मैंने कहा। कोई स्पष्टीकरण नहीं, कोई औचित्य नहीं।

यही शतरंज की बात थी। आप कभी नहीं बताते कि आप रानी की रक्षा क्यों करते हैं। आप बस करते हैं।

मैंने देखा कि उसकी उंगलियाँ मैंने जो क्रीम बिस्किट लाए थे, उसके लिए बढ़ीं। देखा कि ब्रांड देखकर उसकी होंठों पर सबसे छोटी मुस्कान आई।

काबिल था।

वसु ने ऑरेंज लेज़ का पैकेट फाड़ा और मेरे तरफ़ बढ़ाया। "चाहोगे?"

मैंने सिर हिलाया। "तुम खाओ, वसु।"

"सावधान, निशिथ!" भास्कर ने आधा मज़ाक करते हुए कहा। "इस रफ़्तार से लोग सोचेंगे कि तुम प्यार में हो।"

मेज़ क्षणिक रूप से शांत हो गई।

"सोचना," मैंने शांत, मापी मुस्कान के साथ कहा। "कभी लोगों की सबसे मजबूत कला नहीं रही।"

प्रणय जोर से हँसा। "भाई ने उसे खत्म कर दिया।"

"अगली बार," वसु ने सहजता से कहा, मुस्कान छिपाते हुए और ऑरेंज पैकेट से एक चिप उठाई जिसे मैंने उसके पास रखा था और धीरे-धीरे उसे काटा। "नीला

लेज़ लाना। ये ठीक हैं, लेकिन—"

"नोट किया," मैंने जवाब दिया।

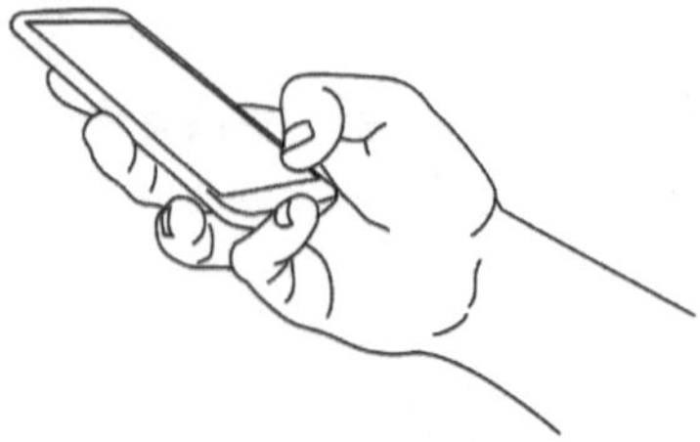

ट्र... ट्र...

फोन लगभग एक साथ बज उठे। सात कंपन। सात विराम। मेज़ के चारों ओर की बातचीत धीमी पड़ गई जब हम सभी अपनी स्क्रीन की ओर देखने लगे।

"अब क्या?" प्रणय बड़बड़ाया, फोन की ओर हाथ बढ़ाते हुए। "अगर यह फिर से अटेंडेंस का चेतावनी संदेश है, मैं कसम खाता हूँ—"

"यह विश्वविद्यालय से नहीं है, दोस्तों।" सुस्मिता ने धीरे-धीरे कहा, अपने फोन को देखते हुए भौंहें चढ़ाते हुए।

भास्कर ने अपनी स्क्रीन हमें दिखाते हुए कहा। "अज्ञात नंबर।"

रिया ने धीरे-धीरे पलकें झपकाईं। "मेरे पास भी वही है।"

युवन ने अपना फोन देखा। फिर ऊपर उठकर बोला। "ठीक है, यह तो अजीब है। हम सभी को?"

वसुमति ने कुछ नहीं कहा। उसने मेरे द्वारा अचानक दी गई रूमाल से अपनी उंगलियाँ साफ़ की और संदेश को दो बार पढ़ा, उसका चेहरा बदल गया। न डर के कारण, न हँसी के कारण। गंभीर और सोच में डूबी हुई।

मैंने अपनी स्क्रीन की ओर देखा। अज्ञात नंबर।

ध्यान त्याग नहीं है।
यह उस जीवन को चुनना है जिसे आप चाहते हैं, अपनी सुविधा के बजाय।

मेज़ पर चुप्पी छा गई। वह अजीब चुप्पी नहीं, बल्कि सोच-विचार वाली चुप्पी थी।

मैंने सहज रूप से वसु की ओर देखा। वह पहले से ही अपनी स्क्रीन को देख रही

थी अब और शांत, जैसे उसके भीतर कुछ सही ढंग से बैठ गया हो।

"यह... सच में ठीक है," युवन ने आखिरकार कहा, पल को तोड़ते हुए। "कौन भूत की तरह मोटिवेशनल संदेश भेजता है?"

"शायद हमारा विश्वविद्यालय काउंसलिंग विभाग नई तकनीक आजमा रहा है," भास्कर ने ठट्ठा करते हुए कहा, अपने हाथ बांधे। "प्रेरणा के जरिए डर।"

किसी के प्रतिक्रिया देने से पहले, रिया का फोन फिर से बजा। फिर प्रणय का। फिर भास्कर का। फिर युवन का। वही प्रेषक। अलग-अलग शब्द।

अनुशासन तय करता है कि आप वहाँ पहुँचेंगे या नहीं।
तुम्हें प्रतिभा की कमी नहीं है।

आप ऐसे खेल खेलते हैं जिनमें धैर्य चाहिए।
अब इसे भी जीतना सीखो।

आपको यहाँ असफल होने के लिए मजबूर नहीं किया गया।
आपको यहाँ खुद को साबित करने के लिए लाया गया।

आपकी परीक्षा दुश्मन नहीं है। डर है।
तुम टालते नहीं हो... तुम खुद से भागते हो।

आपके सपनों ने आपको यहाँ तक पहुँचाने के लिए छोड़ने के
लिए नहीं लाया। आपके सपनों को आपका ध्यान चाहिए।

आप व्याकुलताओं से अधिक करने में सक्षम हैं।
इसे परीक्षा हॉल में साबित करें।

पढ़ाई सिर्फ अंकों के लिए मत करो... खुद को इतना मजबूत
बनाओ कि जिंदगी तुम्हें किसी मोड़ पर झुका न सके

परीक्षा तुम्हारी जिंदगी तय नहीं करती,
लेकिन तुम्हारा प्रयास तुम्हारा भविष्य तय करता है।

अब ध्यान दो, ताकि बाद में पछतावा न हो। एक दिन आप
खुद का धन्यवाद करेंगे कि आपने आज हार नहीं मानी।

आपको बुद्धिमत्ता की कमी नहीं है।
आपको लगातार प्रयास की कमी है।

"विश्वविद्यालय मुश्किल से टाइमटेबल व्यवस्थित कर पाता है," प्रणय ने कहा, पलकें झपकाते हुए जैसे कोई उसे थप्पड़ मार गया हो। "संभावना नहीं कि वे दार्शनिक संदेश भेज रहे हों।"

युवन ने भौंहें चढ़ाईं और स्क्रॉल किया। "मेरे पास लिखा है: *लगातार प्रयास के बिना प्रतिभा बेकार है।* यह व्यक्तिगत है।"

रिया ने संदेश को फिर से पढ़ा, इस बार धीरे। "मेरे पास सच में लिखा है: *आप हमेशा जिम्मेदारी से नहीं बच सकते।* बुरा।"

सुस्मिता ने सिर झुकाया। "या फिर सही।"

मेज़ के चारों ओर हल्की और बेपरवाह हँसी फैली, लेकिन यह मुझ तक नहीं पहुँची। क्योंकि मेरा फोन फिर से एक संदेश के साथ बजा।

रणनीति बुद्धिमत्ता से आगे है जब
बुद्धिमत्ता तैयारी करने से इंकार कर दे।
यहाँ तक कि राजा भी गिरते हैं
जब वे बोर्ड को हल्के में लेते हैं।

मैं स्थिर हो गया। शतरंज की उपमाएँ आम नहीं होतीं। यह भी संयोग नहीं था। कुछ ही क्षण बीते थे कि फिर से वही हल्की-सी कंपन। मैंने अपना फोन देखा।

कुछ लोग तुम्हारी आदत बन जाते हैं
और तुम उसे प्रेम समझ बैठते हो।

वसु ने मेरी ओर देखा, उसके चेहरे पर हल्की चिंता। "तुम्हारे पास क्या लिखा था?"

"कुछ खास नहीं," मैंने सहज रूप से कहा, अपनी स्क्रीन लॉक करते हुए।

उसने दबाव नहीं डाला। उसने कभी नहीं डाला। यही बात उसे मेरी पकड़ के लिए खतरनाक बनाती थी।

भास्कर पीछे झुक गया। "जो भी यह है, वे हमें मूलतः बता रहे हैं कि खेल हमें बचाएंगे, यह दिखावा करना बंद करो।"

"या," प्रणय ने सोचते हुए जोड़ा, "वे हमें बता रहे हैं कि अपने माता-पिता को निराश करना बंद करो।"

"शायद, यह डर के बारे में नहीं है।" वसु ने धीरे कहा, अपनी आँखें फोन पर, "शायद, यह विकल्प के बारे में है।"

उसका संदेश था:

तुम पहले से जानते हो कि निशाना कैसे साधा जाता है।
अब सीखो कि स्थिर कैसे रहना है।

उसकी अंगुली स्क्रीन पर टिकी थी, जैसे डर रही हो कि अगर वह पलक झपकाए तो संदेश गायब हो जाएगा।

तीरंदाजी। मेरा जबड़ा कस गया। यह संयोग नहीं था।

यह विशेष रूप से तैयार किया गया था। प्रेरक, हाँ। उत्साहवर्धक, हाँ। लेकिन इसके पीछे इरादा था। काउंसलिंग डे। परीक्षाएँ नज़दीक। सपने जिनके लिए हमने शोक न मनाने का दिखावा किया।

और कैंटीन में कदम रखने के बाद पहली बार, मुझे यह स्पष्ट रूप से महसूस हुआ: *किसी ने हमें सभी को एक बोर्ड पर रख दिया। और मैं अभी तक नहीं जानता था कि वे हमारी मदद करना चाहते हैं या परीक्षा लेना।*

भास्कर हँसा, पल को तोड़ने की कोशिश करते हुए। "ठीक है! अज्ञात अजनबी जीत गया। मैं पढ़ूंगा। अब खुश हो, रहस्यमय मास्टरमाइंड?"

"लेकिन अगर यह अज्ञात नंबर अटेंडेंस पूछने लगे," युवन ने पीछे झुकते हुए जोड़ा। "मैं इसे ब्लॉक कर दूँगा।"

और उसे बदलते हुए देखकर, मेरे भीतर कुछ ठहर गया।

प्रेरणा को चेहरे की ज़रूरत नहीं होती। शक्ति को श्रेय की ज़रूरत नहीं। कभी-

कभी सही शब्द, सही समय, सही दूरी से पर्याप्त होते हैं।
मैंने अपना फोन फिर से जेब में डाल लिया।
एक चाल आगे बडाया।

रहस्य भरी राहें

संदेश रुकने का नाम नहीं लिया। वे अगले सुबह आए। और उसके अगले दिन भी। हमेशा समय से पहले। हमेशा सटीक। जैसे जिसने भी भेजा, उसे हमारे खुद के समय से बेहतर समझ थी।

हर दिन, बिल्कुल 5:40 बजे, फोन बजते। कोई नाम नहीं। कोई हस्ताक्षर नहीं। बस शब्द।

> आज का एक घंटा ध्यान लगाकर बिताना,
> दस व्याकुल कलों के बराबर है।

> किताबें भारी नहीं होतीं...
> हमारी टालमटोल उन्हें भारी बना देती है।

> सवालों के जवाब किताबों में नहीं मिलते...
> पर किताबें तुम्हें जवाब देने लायक बना देती हैं।

> लगातार प्रयास प्रतिभा से ज़्यादा शक्तिशाली है।
> यह प्रतिभा को परिणाम में बदल देता है।

> बहाने हमेशा आसान होते हैं...
> पर सफलता कभी आसान रास्ता नहीं चुनती।

तुम्हें उद्देश्य चाहिए।
तुम्हें आदतें चाहिए जो यह न पूछें कि तुम कैसा महसूस कर रहे हो।

हर दिन थोड़ा-थोड़ा पढ़ना...
एक दिन तुम्हें दूसरों से बहुत आगे ले जाएगा।

एकाग्रता पतिक्रिया समय सुधारती है।
चुपचाप जीतो। गति बनाओ। परिणाम बोलने दो।

तुम्हें लगता है तुम सब कुछ कंटोल कर सकते हो...
पर क्या तुम अपने डर को भी कंटोल कर पाए?

तुम सबकी बातें समझ लेती हो...
पर जब अपनी बारी आती है, तो चुप रह जाती हो।

थक जाना गलत नहीं...
रुक जाना गलत है।

मजाक एक ढाल है...
पर हर ढाल के पीछे एक सच्चाई छुपी होती है।

दबाव तुम्हें नहीं तोड़ता।
यह तुम्हें उजागर करता है।

हर बार "कल" कहने वाला व्यक्ति,
एक दिन "काश" कहता है।

असली परीक्षा किताबों में नहीं होती...
वह तब होती है, जब कोई तुम्हें देख नहीं रहा होता।

कुछ सवालों के जवाब, समय देता है
और कुछ के, तुम खुद बन जाते हो।

तुम पास हो जाओगे...
अगर आज का दिन बर्बाद नहीं किया।

परिणाम से मत डरो...
डरना है तो उस मेहनत से डरो, जो तुमने नहीं की।

थकान का मतलब यह नहीं कि तुम रुक जाओ...
यह सिर्फ यह बताता है कि तुम आगे बढ़ रहे हो।

थक जाओ तो रुकना...
पर रुककर हार मत मान लेना।

तुम्हें प्रतिभा की कमी नहीं है।
तुम्हें अनुशासन की कमी है।

अपने सपनों से प्रेम करो...
पर उन्हें पाने के लिए खुद को कष्ट देने का साहस भी रखो।

अनुशासन, प्रेरणा से बड़ा होता है।
प्रेरणा साथ छोड़ देती है... पर आदत तुम्हें आगे बढ़ाती रहती है।

मैंने उन सबको बदलते हुए देखा। धीरे-धीरे, लेकिन निर्विवाद रूप से, जैसे मोहरे बिल्कुल योजना के अनुसार शतरंज की बिसात पर अपनी जगह ले रहे हों।

भास्कर ने सुबह की प्रैक्टिस छोड़ना बंद कर दिया और मैदान जाने से पहले फ़ॉर्मूले दोहराने के लिए एक घंटा पहले उठने लगा।

युवन ने देर रात के मैचों की जगह रिवीजन स्लॉट चुन लिए।क्रिकेट नेट्स के बाद कॉमर्स के नोट्स, पसीना और फ़ॉर्मूले एक ही घंटे में साथ-साथ।

प्रणय ने अपना जिम सेशन छोटा कर दिया, काउंसलिंग डे के बाद पहली बार टैकल्स की जगह थ्योरी चुनी।

सुस्मिता ने देर रात की स्क्रॉलिंग को समयबद्ध पढ़ाई से बदल दिया। शाम को बैडमिंटन ड्रिल्स। सोने से पहले नोट्स की पुनरावृत्ति।

रिया ने अपने दिनों की योजना किसी कोरियोग्राफी की तरह बनानी शुरू कर दी। लेक्चर, स्केटिंग प्रैक्टिस, रिवीजन। हर हरकत सोच-समझकर, सुरुचिपूर्ण और कठोर।

और मेरी वसु सबसे शांत तरीके से बदली।

वह आगे की पंक्ति में बैठने लगी। हर जगह एक छोटा नोटबुक साथ रखने लगी। भोर से पहले उठकर तीरंदाजी का अभ्यास करने लगी, फिर तब पढ़ाई करती जब उसकी मांसपेशियाँ अभी भी अनुशासन को याद रखती थीं।

तीरंदाजी ने उसे धैर्य सिखाया था, और अब वह उसी धैर्य को भीतर की ओर मोड़ रही थी। पन्ना दर पन्ना, घंटा दर घंटा।

और मैं? मैंने अपनी दिनचर्या बदली, बिना किसी को बताए। मैं पहले उठने लगा। ज़्यादा देर तक पढ़ने लगा। और आगे की योजना बनाने लगा।

शतरंज की ओपनिंग्स। केस लॉज़। एंडगेम्स।

और हर सुबह, जब संदेश आता, मैं देखता कि वसु उसे कैसे पढ़ती, कैसे उसके कंधे सीधे हो जाते, कैसे संकल्प उसकी रीढ़ में कवच की तरह जम जाता। वह समझती थी कि यह प्रेरणा है। उसे पैटर्न नज़र नहीं आया। एक ही समय। एक ही स्वर। अलग-अलग शब्द, नपे-तुले। सटीक। क्योंकि जो भी ये संदेश भेज रहा था, वह एक अहम बात समझता था।

और हर रात, सोने से पहले, वह दिन का संदेश फिर से पढ़ती।

कठोर परिश्रम करो...
पर खुद को थकाकर तोड़ो मत।

जो विद्यार्थी समय का सम्मान नहीं करता,
समय उसे कभी सम्मान नहीं देता।

आराम चाहने वाला व्यक्ति,
सफलता का अधिकारी नहीं होता।

जो शुरू करता है, वह साधारण होता है...
जो पूरा करता है, वही असाधारण बनता है।

अज्ञानता कोई दोष नहीं है...
पर उसे दूर न करना, सबसे बड़ा दोष है।

जो स्वयं को नियंत्रित नहीं कर सकता,
वह किसी भी लक्ष्य को प्राप्त नहीं कर सकता।

जब दिल और अनुशासन साथ चलते हैं...
तभी व्यक्ति असाधारण बनता है।

अनुशासन आत्मसम्मान का व्यवहारिक रूप है।

दिल से जीना सीखो...
पर दिमाग से निर्णय लो।

एकाग्रता भक्ति का ही एक रूप है। हमने उसे पूरी तरह समर्पित किया।

"यह किसी सैन्य दिनचर्या जैसा है," एक सुबह भास्कर ने जम्हाई लेते हुए कहा, लेकिन पूरी तरह मौजूद था।

"चिढ़ाने वाली हद तक असरदार," सुस्मिता ने अपने फीते बाँधते हुए जवाब दिया।

वसु ने कभी शिकायत नहीं की। वह हर संदेश दो बार पढ़ती। एक बार अर्थ के लिए। एक बार ऐसे, जैसे वह सिर्फ उसी के लिए लिखा गया हो।

एक शाम, लाइब्रेरी की मेज़ के पार से वसुने मेरी ओर देखा।

"क्या तुम्हें अजीब नहीं लगता कि यह इतना मददगार है, निशिथ?"

मैंने शांत भाव से उसकी आँखों में देखा। "एकाग्रता अक्सर उन लोगों को अजीब लगती है जो इसकी आदत नहीं रखते।"

वह मुस्कुराई। "तुम ऐसे बोल रहे हो जैसे यह सब तुमने ही योजना बनाई हो।"

"मैं हर चीज़ की योजना बनाता हूँ, वसु।"

मैंने उतनी ही सादगी से कहा, जितनी सादगी से कोई सच कहा जाता है... और उतनी ही आसानी से छुपा भी लिया जाता है।

वह हँसी, हालाँकि उसकी आँखें ठहर गईं, जिज्ञासु। संदेहपूर्ण नहीं। अभी नहीं। क्योंकि जब अनुशासन काम करता है, तो वह नियंत्रण जैसा नहीं लगता। वह आज़ादी जैसा लगता है।

हर शतरंज खिलाड़ी जानता है। सबसे शक्तिशाली चालें वही होती हैं जिन्हें कोई होते हुए नहीं देखता।

वसु सिर थोड़ा झुकाया, "अगर कोई... हमें बिना बताए बदल रहा हो, तो क्या वह सही है?"

"अगर बदलाव सही दिशा में हो," मैंने कहा, "तो उसे महसूस करने की ज़रूरत नहीं होती। क्योंकि जब अनुशासन काम करता है... तो वह नियंत्रण जैसा नहीं लगता।"

उसकी आँखें मेरी बात पर टिक गईं। "तो कैसा लगता है?"

मैंने हल्की-सी मुस्कान दी। "आज़ादी जैसा।"

"आज़ादी..." वह हल्के से दोहराई, "पर क्या वह रास्ता तुम्हारा होता है?"

"रास्ते कभी किसी के नहीं होते," मैंने शांत स्वर में कहा, "बस चलने वाले तय करते हैं कि वे कहाँ तक जाएँगे।"

कुछ क्षण यूँ ही बीत गए। घड़ी की टिक-टिक... पन्नों की सरसराहट और बीच-बीच में किसी की धीमी खाँसी। सब कुछ सामान्य था। फिर भी... कुछ बदल चुका था।

"एक बात पूछूँ?" वसुमति की आवाज़ फिर आई।

मैंने सिर उठाया। "सौ सवाल पूछो, वसु।"

"तुम्हें कभी ऐसा नहीं लगता," उसने धीरे से कहा, "कि ये मैसेज सिर्फ मोटिवेशन नहीं हैं? कोई हमें देख रहा हो।"

मैंने बिना भाव बदले कहा, "देखना और समझना... दोनों अलग चीज़ें हैं।"

वह तुरंत बोली, "तो तुम कह रहे हो, कोई हमें समझ रहा है?"

मैंने हल्की-सी साँस ली। "अगर कोई हमें हर दिन बेहतर बनने के लिए मजबूर कर रहा है... तो यह ज़रूरी नहीं कि वह हमें देख रहा हो, हो सकता है, वह बस... हमें हमसे बेहतर जानता हो।"

कुछ क्षणों तक... हम दोनों बस एक-दूसरे को देखते रहे। कोई आरोप नहीं था। कोई स्वीकार भी नहीं। बस एक अनकहा खेल।

मैंने धीरे से अपनी किताब बंद की। "हर समझदार व्यक्ति, हर बात को साबित नहीं करता, वसु।"

वह मुस्कुराई। इस बार थोड़ी खुलकर। "और हर समझदार व्यक्ति, हर बात को नकारता भी नहीं।"

मैंने कुछ नहीं कहा। क्योंकि कुछ बातें शब्दों से ज़्यादा स्पष्ट होती हैं।

फोन काँपा। दोनों के। एक साथ। वसुमति ने तुरंत स्क्रीन देखी, मैंने भी अपना फोन देखा।

कुछ सच्चाइयाँ शब्दों से नहीं...
समय से सामने आती हैं।

वसु ने उसे कुछ पल तक देखा। फिर धीरे से बोली, "समय" उसने शब्द को जैसे महसूस किया, सिर्फ कहा नहीं।

उसने मेरी ओर देखते हुए कहा, "ये मैसेज भेजने वाला चाहता क्या है?"

मैं बिना जल्दबाज़ी के जवाब दिया, "शायद... कुछ भी नहीं।"

वह थोड़ी चौंकी। "कुछ भी नहीं?"

"हाँ," मैंने कहा, "क्योंकि जो सच में सिखाता है वह बदले में कुछ नहीं चाहता।"

वह मेरी ओर झुकी नहीं, पर उसकी आवाज़ थोड़ी धीमी हो गई। "या फिर, वह बस यह देखना चाहता है... कि हम कितनी दूर जा सकते हैं।"

इस बार मैं चुप हो गया। मैंने नज़रें हटा लीं। किताब की ओर। पर शब्द अबसाफ़ नहीं दिख रहे थे।

"अजीब है न," वसुमति ने धीरे से कहा, "कोई हमें बिना सामने आए इतना बदल सकता है।"

"जो सामने होते हैं," मैंने कहा, हल्की-सी साँस ली, "वे हमेशा असर नहीं करते।"

वह मुस्कुराई। इस बार थोड़ी गहरी। "और जो सामने नहीं होते?"

मैंने सीधे उसकी ओर देखा। "वे ज़िंदगी बदल देते हैं।"

मेरा फोन फिर से कंपन किया।

अतिम चाल से पहले
अपने पत्ते कभी मत खोलो।

मैंने फोन उल्टा करके मेज़ पर रख दिया और डॉ. *वेदांत शास्त्री* का लेक्चर सुनना जारी रखा: *"पारिवारिक कानून में हिंदू उत्तराधिकार अधिनियम।"*

शतरंज में सबसे खतरनाक खिलाड़ी वह होता है जो खेल को कभी जल्दी नहीं करता।

बल्कि एक-एक शांत चाल से पूरी बिसात नियंत्रित करता है।और यह? यह कोई संयोग नहीं था। किस बिंदु पर प्रेरणा मार्गदर्शन होना छोड़ देती है... और प्रभाव बन जाती है?

हमने कभी जवाब नहीं दिया। लेकिन अब हम उन संदेशों का इंतज़ार करने लगे थे। जैसे कोई संकेत हो। जैसे बेहतर बनने की अनुमति।

जैसे एक चिन्ह... मेहनत की शुरुआत, रास्ते पर बने रहने की याद, वह आवाज़ जो न्याय नहीं करती थी, सिर्फ माँग करती थी। हमारी नोक-झोंक उद्देश्य में बदल गई। लंच ब्रेक्स रिवीजन बहसों में बदल गए। कैंटीन का शोर कलम की खराश और स्क्रीन पर उंगलियों की थाप से बदल गया। देर रातें जल्दी सुबहों में बदल गईं।

भास्कर ने एक पन्ना हाइलाइट करने के बाद अंगड़ाई ली। “ठीक है! मुझे मानना पड़ेगा, लेकिन रहस्यमय सेंसई हमारे प्रोफेसरों से बेहतर काम कर रहा है।”

“हाँ!” युवन ने कहा, “कल मैंने तीन सवाल बिना रोए हल कर लिए।”

“यह विकास है,” प्रणय ने गंभीरता से सिर हिलाया।

सुस्मिता थोड़ा आगे झुकी। “तुम्हें क्या लगता है, यह एक इंसान है या... कोई ऑटोमेटेड सिस्टम, वसुमति?”

उसने तुरंत जवाब नहीं दिया। वह दिन का संदेश फिर से पढ़ रही थी।

परीक्षाएँ याददाश्त की परीक्षा
लेती हैं। ज़िंदगी प्रतिबद्धता की।
दोनों के लिए तैयार रहो।

“ऐसा लगता है,” उसने धीरे कहा, “जैसे कोई देख रहा हो, बुरे तरीके से नहीं। बल्कि... विश्वास के साथ।”

सबकी नज़रें मेरी ओर गईं।

"विश्वास," मैंने कहा, "एक बहुत शक्तिशाली प्रेरक होता है।"

वसु ने मुझे ज़रूरत से एक पल ज़्यादा देखा, फिर वह मुस्कुराई।

"मैं इस सेमेस्टर में टॉप करूँगी, दोस्तों!"

रिया ने सीटी बजाई। "काफ़ी साहसी दावा है, वसुमति।"

"मैं मज़ाक नहीं कर रही, रिया!"

मेरे भीतर कुछ खिसक गया। गर्व भी, संतोष भी।

आख़िरी संदेश एक रात पहले आया।

मैंने दो बार पढ़ा।

जब तुम खुद अपने लिए मार्ग
बन जाते हो...
तब किसी मार्गदर्शक की
आवश्यकता नहीं रहती।

सवालों की डिग्री

दीक्षांत समारोह का दिन शोर में लिपटा हुआ आया। आज अलग लग रहा था... उत्सव में सजा हुआ, जैसे यह जगह खुद भी याद बनते-बनते हैरान हो कि हम सच में यहाँ तक पहुँच गए।

फोन शांत रहे। कोई कंपन नहीं। कोई सुबह की याद दिलाने वाली आवाज़ नहीं। कोई शांत आदेश, जो प्रोत्साहन का रूप लिए होता था।

पहले किसी ने ध्यान नहीं दिया। भास्कर ने गर्मी की शिकायत की। युवान ने प्रणय का कॉलर ठीक किया। सुस्मिता ने तीसरी बार अपने बाल ठीक किए। रिया फोटो और लाइटिंग को लेकर बड़बड़ा रही थी। वसु अपने कॉलर से बहस कर रहा था।

जब हम अपने गाउन पहनकर पंक्ति में खड़े हुए, तब वह ख़ामोशी उतर आई। सूक्ष्म, लेकिन असंदिग्ध।

"क्या... हमने मिस कर दिया?" सुस्मिता ने फुसफुसाकर पूछा।

"शायद नेटवर्क की दिक्कत होगी," प्रणय ने कहा, हालाँकि उसके स्वर में भरोसा नहीं था।

भास्कर हँसा, कुछ ज़्यादा ज़ोर से। "क्या तुम कह रहे हो कि हमारा गुमनाम लाइफ कोच आख़िरकार हमें छोड़ गया?"

युवान ने अपना फोन ऐसे हिलाया जैसे वह उसे जगा सकता हो। "मुझे इसकी आदत हो गई थी।"

"शायद वो बोर हो गए," रिया ने कहा, "या फिर... गर्व महसूस कर रहे हों।"

"गुमनाम प्रेरक लोग गर्व नहीं करते, रिया," वसु ने कहा, उसकी ग्रेजुएशन टोपी हल्की-सी टेढ़ी थी, उंगलियाँ फोन के किनारे को छू रही थीं।

मैंने कुछ नहीं कहा। शतरंज ने यह भी सिखाया था, पीछे हटना भी एक चाल होती है।

समारोह के दौरान नाम पुकारे गए, भविष्य घोषित किए गए, तालियाँ तौली हुई और शालीन थीं। हम एक-एक कर मंच पर चले, डिग्रियाँ लीं। जो काग़ज़ से ज़्यादा भारी लग रही थीं।

“ये अजीब है, निशिथ,” वसु धीरे से बोली, जब मैं उसके पास पहुँचा। “वह हमेशा वहाँ था। हर दिन। यहाँ तक कि बुरे दिनों में भी।”

जहाँ कभी दिनचर्या रहती थी, अब वहाँ ख़ामोशी दबाव डाल रही थी।

“उन्होंने हमें खड़ा होना सिखाया, वसु,” मैंने संयम से कहा। “शायद यही परीक्षा है... या उन्होंने जो शुरू किया था, वह पूरा कर लिया है।”

उसका नाम हॉल में गूँजा। वह आगे बढ़ी, शांत गरिमा के साथ। सर ऊँचा। कदम दृढ़। इरादे से गढ़ी हुई एक स्त्री।

फिर डीन ने मेरा नाम पुकारा। मैंने किसी चीज़ के समाप्त होने का भार महसूस किया, कोई अध्याय नहीं, एक निगरानी।

वसु ने अपनी डिग्री ऐसे पकड़ी जैसे वह कोई नाज़ुक चीज़ हो। उसकी आँखें भीड़ में घूमीं। माता-पिता को नहीं ढूँढती हुई, दोस्तों को नहीं। कुछ और। जैसे कोई समझ रहा हो कि वह एक साए के साथ चल रहा था और अब जाकर सूरज को महसूस किया हो।

जब आख़िरी नाम पुकारा गया और भीड़ तालियों में फूट पड़ी, फोन फिर भी ख़ामोश रहे। कोई अंतिम उद्धरण नहीं। कोई विदाई नहीं। कोई स्पष्टीकरण नहीं।

अनुशासन आदत बन चुका था। एकाग्रता प्रवृत्ति बन गई थी। हमें अब याद दिला ने की ज़रूरत नहीं थी।

हमारे चारों ओर दुनिया जश्न मना रही थी। टोपी हवा में उछलती हुई, कैमरे चमकते हुए, हँसी तस्वीरों में छलकती हुई, माता-पिता नाम पुकारते हुए, जैसे दुआएँ आख़िरकार स्वीकार हो गई हों। तालियाँ समाप्ति की तरह उठीं।

हम स्नातक हुए। हाथों में डिग्रियाँ। भविष्य स्वीकृत।

जब जश्न हँसी और तस्वीरों में घुल गया, आख़िरकार वसु ने मेरे पास बैठी, छुए बिना रखे शतरंज की बिसात के पास, कैम्पस की रोशनी के नीचे।

"अजीब लगता है, निशिथ," वसु ने धीरे से कहा। "जैसे किसी ने हमें फिनिश लाइन पार करते देखा... और फिर मुड़कर चला गया।"

"उन्हें पता था कब रुकना है," मैंने कहा, जब वह लंबी साँस लेकर पीछे झुकी। वह मेरे चेहरे को देखती रही। "क्या तुम्हें लगता है वे फिर कभी मैसेज करेंगे?"

"कुछ खेलों में," मैंने स्थिर स्वर में कहा, "खिलाड़ी को लौटने की ज़रूरत नहीं होती, वसु।"

हवा ने उसके बाल उठा दिए। कैम्पस, जो कभी इतना शोरगुल वाला था, अब खोखला लग रहा था। लेकिन ख़ामोशी मेरी जेब में भारी और सोच-समझकर बैठी थी।

शह-मात।

कभी-कभी मार्गदर्शन हमेशा के लिए नहीं होता। कभी-कभी, वह उसी क्षण गायब हो जाता है जब वह सफल हो जाता है।

नियंत्रण, अगर सही ढंग से किया जाए, तो जानता है कब पीछे हटना है। और कुछ उपस्थितियाँ कभी अलविदा नहीं कहतीं। वे बस चलना बंद कर देती हैं जब बिसात पूरी हो जाती है।

वेदांत शास्त्री

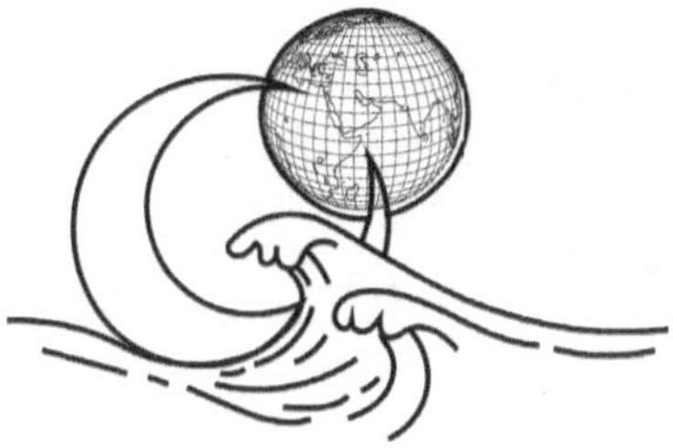

निशिथ और वसुमति कैंपस की हल्की रोशनी के नीचे बैठे थे।

रात पूरी तरह गहरी नहीं हुई थी, पर दिन की चहल-पहल उतर चुकी थी। उनके बीच शब्द कम थे, पर मौन बहुत कुछ कह रहा था।

मैं अपने दफ़्तर की खिड़की से उन्हें देख रही थी। इतनी दूरी से भी समझ सकती थी कि उनके बीच कैसी बातें चल रही होंगी।

क्या फिर से संदेश आएँगे?

नहीं। संदेश नहीं आएगा। क्योंकि मेरा उत्तर तो मेरी जिम्मेदारी थी। इन सब बच्चों को पढ़ाकर, संभालकर, उन्हें अपने पैरों पर खड़ा करना। वह मैंने पूरी कर दी है।

इस वर्ष का हर विद्यार्थी डिस्टिंक्शन से उत्तीर्ण हुआ। जब परिणाम की सूची मेरे सामने रखी गई, तो मेरी आँखें नम थीं, गर्व से नहीं, संतोष से।

शिक्षक का हृदय भी अजीब होता है। वह अपने लिए कुछ नहीं माँगता, पर अपने विद्यार्थियों के लिए पूरी दुनिया जीत लेना चाहता है।

निशिथ और वसुमति को देखकर मेरे मन में अचानक दो चेहरे उभर आए।

दो विद्यार्थी... जिन्हें मैं बचा नहीं सक।

एक थी प्रि। पूरी कक्षा की सबसे तेज़ छात्रा। पढ़ाई उसके लिए बोझ नहीं, जैसे कोई सहज आदत हो। किताबें उसके हाथों में ऐसे लगती थीं जैसे दीपक में स्थिर लौ। पढ़ाई में अव्वल, पर स्वभाव से उतनी ही शांत और विनम्र।

और दूसरा था रोनिथ। लंबा, हंसमुख, और बास्केटबॉल कोर्ट पर उसका आत्मविश्वास देखने लायक होता था। बास्केटबॉल टीम का सबसे प्रतिभाशाली खिलाड़ी। पढ़ाई में वह उतना मज़बूत नहीं था, पर खेल में जैसे उसकी आत्मा बसती थी।

मैंने ही एक दिन उन्हें साथ बैठाया और कहा था। "तुम दोनों एक-दूसरे की मदद करो।"

सोचा था... एक की बुद्धि दूसरे की ताक़त बन जाएगी और दूसरे का साहस पहले का सहारा।

प्रि ने रोनिथ को पढ़ाई में संभालना शुरू किया, रोनिथ ने प्रि को शारीरिक शिक्षा की कक्षाओं में। धीरे-धीरे पढ़ाई और खेल के बीच एक गहरी रिश्ता जन्म लेने लगा।

वह प्रेम था। निर्मल, संकोची, और उतना ही सच्चा जितना किसी किशोर हृदय का पहला विश्वास होता है।

लेकिन जीवन कभी-कभी सबसे सुंदर कहानियों को लंबा नहीं होने देता।

एक दिन रोनिथ को दूसरे ज़िले में बास्केटबॉल टूर्नामेंट खेलने जाना पड़ा। उधर कॉलेज में... प्रि अकेली रह गई। कुछ सीनियर छात्रों ने उसकी सादगी और अकेलेपन का फायदा उठाया। उसे ज़बरदस्ती नशा कराया और प्रशासनिक भवन की ऊँची मंज़िल से धक्का दे दिया।

उस दिन कैंपस की ज़मीन ने एक होनहार जीवन को चुपचाप समा लिया।

उसी शाम रोनिथ ने टूर्नामेंट जीतकर ट्रॉफी उठाई थी। जब वह लौटा तो उसके
हाथ में ट्रॉफी थी और सामने उसकी रुमाल की मौत की ख़बर। जीत का वह चमकता पल एक ही क्षण में राख बन गया।

उसके भीतर जो टूटा, उसे कोई शब्द नहीं भर सकते थे।

क्रोध, शोक और असहायता के बीच उसने उन लोगों को ढूँढ निकाला, बदला लिया, मार डाला जिन्होंने प्रि को यातना दी थी। फिर उसी प्रशासनिक भवन को आग के हवाले कर दिया। जब लपटें आसमान को छूने लगीं, तो वह उसी आग में धीरे-धीरे चलता हुआ अंदर चला गया।

जैसे उसका जीवन प्रि के बिना अब किसी अर्थ का नहीं रहा।

आज भी कभी-कभी लगता है, अगर उस दिन मैं थोड़ा और सावधान होता, थोड़ा और समझ पाता... तो शायद यह कैंपस दो जिंदगियों की राख अपने भीतर छुपाए न बैठा होता।

कभी-कभी शिक्षक की सबसे बड़ी पीड़ा यह नहीं होती कि विद्यार्थी असफल हो जाएँ। सबसे बड़ी पीड़ा यह होती है कि कुछ जीवन हमारी आँखों के सामने समय से पहले बुझ जाते हैं।

तभी, दरवाज़े पर धीमी-सी दस्तक हुई।

अचानक से मैं अपनी स्मृतियों से बाहर आया।

"अंदर आ जाइए," मैंने धीमे स्वर में कहा।

मैंने मुड़कर देखा, और निशिथ खड़ा था।

उसकी आँखों में हल्की झिझक थी, और चेहरे पर वही गंभीरता जो अक्सर उन विद्यार्थियों में होती है जो कुछ पूछना चाहते हैं पर शब्द खोज नहीं पाते।

"सर... क्या छात्रों को जो संदेश आते थे... उन्हें भेजने वाले आप थे?"

उस प्रश्न के बाद कमरे की हवा जैसे और भी स्थिर हो गई।

"अनुशासन क्रूरता नहीं होता, निशिथ। नियंत्रण हमेशा बुराई नहीं होता। कभी-कभी किसी को सही रास्ते पर रखने के लिए कठोर होना पड़ता है। और कई बार, सबसे गहरी परवाह वही होती है जो सामने दिखाई नहीं देती।"

निशिथ चुपचाप सुनता रहा। मैंने आगे कहा।

"कभी-कभी किसी को दूर से देखना पड़ता है... छाया की तरह। ताकि जिनसे हम प्रेम करते हैं, वे बिना ठोकर खाए अपनी मंज़िल तक पहुँच सकें।"

कमरे में फिर कुछ पल मौन उतर आया। फिर निशिथ की आँखों में उलझन कम थी, समझ अधिक। कुछ पल बाद उसके होंठों पर हल्की-सी मुस्कान आई।

"तो... चेकमेट अंत नहीं था।"

उसने मेज़ पर रखे ट्रॉफी की ओर देखा और फिर मेरी आँखों में।

"वह तो पूरी योजना का हिस्सा था।"

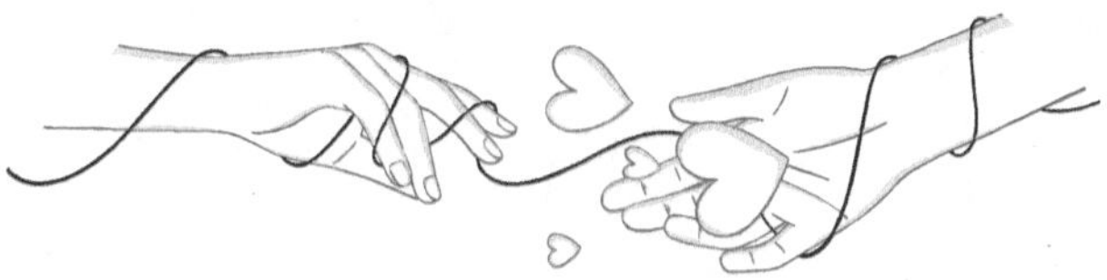

कहानी अभी बाकी है...!

रोनिथ

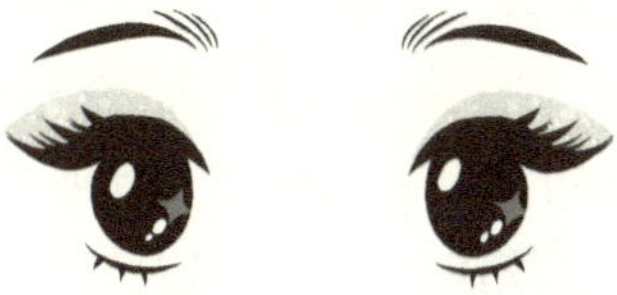

अब तो गई भैंस पानी में।

मैंने मन ही मन सोचा क्योंकि सामने बैठी लड़की कोई साधारण छात्रा नहीं थी। वह कक्षा की सबसे होशियार, और सबसे अलग लड़की। आँखों में एक अजीब-सी शांति थी, जैसे उसे हमेशा पता हो उसे क्या करना है।

प्रि।

मैं खेल के मैदान का लड़का था... जहाँ शोर था, पसीना था, और जीतने की जिद थी। और वह... शब्दों की दुनिया में रहती थी। दोनों अलग थे।

शायद इसलिए सर ने हमें एक साथ बैठा दिया।

"तुम दोनों एक-दूसरे की मदद करोगे," उन्होंने कहा।

मुझे लगा यह भी कुछ दिनों की बात होगी। पर प्रि ने उसे गंभीरता से लिया। मैं खेल के मैदान में अच्छा था, पर किताबों से मेरा रिश्ता बस परीक्षा के दिन तक ही सीमित रहता था।

पहले दिन जब उसने मेरी कॉपी देखी, तो हल्की-सी मुस्कुराई।

"तुमने ये सवाल ऐसे क्यों किया, रोनिथ?" उसने पूछा।

मैंने कंधे उचका दिए, "क्योंकि मुझे ऐसे ही आता है।"

वह हँसी नहीं, बस बोली, "ठीक है... अब सही तरीका सीख लो।"

उस दिन से हम रोज़ साथ बैठने लगे। वह मुझे पढ़ाती, मैं उसे पी.ई. क्लास में मदद करता।

"मुझसे नहीं होगा," वह कहती।

मैं हँसता, "तुम पढ़ाई सिखा सकती हो, तो मैं खेल सिखा सकता हूँ।"

धीरे-धीरे वह दौड़ने लगी, हँसने लगी, और हर छोटी जीत पर बच्चों की तरह खुश होती। उसकी वह हँसी आज भी मेरे कानों में गूंजती है।

पहले-पहल हमारे बीच बस ज़रूरत का रिश्ता था। पर धीरे-धीरे उस ज़रूरत में एक अपनापन जुड़ गया।

जब वह मेरे लिए अतिरिक्त नोट्स बनाकर लाती थी। जब मैं उसके लिए खेल के बाद पानी लाता था।

एक दिन मैं प्रैक्टिस में गिर गया था। घुटने से खून बह रहा था, पर मैं उसे छिपाने की कोशिश कर रहा था।

वह सीधे मेरे पास आई, बिना कुछ पूछे कहा। "बैठो,"

उसने रुमाल निकाला और बहुत सावधानी से घाव साफ़ करने लगी। हल्के गुस्से में कहा। "इतना भी क्या ज़िद है? बच्चे हो क्या?"

उस दिन पहली बार मुझे लगा कोई है जो मेरे गिरने पर भी मुझे कमजोर नहीं समझता।

"रोनिथ... तुम हार मत मानना, ठीक है?"

मैंने हँसकर कहा, "तुम साथ रहोगी, तो नहीं मानूँगा।"

वह चुप हो गई। पर उसकी आँखों में कुछ बदल गया था।

एक दिन मैंने उसे लाइब्रेरी में देखा। वह *अयन* रैंड की *फाउंटेनहेड* किताब में डूबी हुई थी, जैसे दुनिया से उसका कोई संबंध ही न हो।

मैं उसके सामने बैठ गया और बस उसे देखता रहता।

उसने सिर उठाकर देखा, "क्या हुआ, रोनिथ?"

"कुछ नहीं, रुमाल," मैं मज़ाक में पूछा। "बस सोच रहा हूँ, तुम इतनी सीरियस क्यों रहती हो?"

वह हल्के से मुस्कुरा देती, "क्योंकि कोई तो है जिसे तुम्हें पास करवाना है।"

हम दोनों हँस पड़े।

उसकी यह बात मज़ाक लगती थी... पर सोचता हूँ, वह सच में मुझे संभाल रही थी शायद वहीं से हमारी कहानी शुरू हुई थी।

एक शाम हम दोनों कैंपस की लाइट्स के नीचे बैठे थे। "अगर मैं कभी हार गया तो?"

"तो मैं तुम्हें फिर से खड़ा कर दूँगी।" उसने बिना सोचे कहा, "और तुम मेरा हाथ पकड़ लेना।"

उस दिन मैंने पहली बार उसका हाथ थामा। और अजीब बात यह थी उसने छोड़ा नहीं। शायद वही क्षण था जब मुझे समझ आया यह सिर्फ़ दोस्ती नहीं रही।

यह कुछ और बन चुका है। कुछ ऐसा जिसे कहने की ज़रूरत नहीं होती पर महसूस हर पल होता है।

एक दिन जब वह नहीं आई क्लास में, तो पूरा दिन खाली-सा लगा।

बास्केटबॉल कोर्ट पर भी मन नहीं लगा। उस दिन पहली बार समझ आया, वह मेरे लिए सिर्फ़ 'पार्टनर' नहीं रही। वह... मेरी आदत बन चुकी थी।

जब मैं जीतता तो सबसे पहले उसे बताने का मन करता। जब हारता तो उसके सामने बैठकर सब कुछ भूल जाता। उसकी हँसी मेरे हर दिन की शुरुआत बन गई थी। और उसका *"रोनिथ"* कहना मेरे लिए किसी जीत से कम नहीं था।

हर मैच के बाद सबसे पहले उसे ढूँढता था। और वह हर टेस्ट के बाद मुझे बताती, "देखो, इस बार तुमने कम गलती की है।"

वह मुझे सुधार रही थी। धीरे-धीरे, बिना किसी शोर के। मैं पहले बस खेलता था। अब मैं पढ़ता भी था क्योंकि वह खुश होती थी। वह पहले बस किताबों में रहती थी। अब वह हँसती भी थी क्योंकि मैं उसे हँसाता था।

मैंने कभी उससे, *"मैं तुमसे प्यार करता हूँ, रुमाल"* नहीं कहा। और उसने भी नहीं। पर हमें कभी उन शब्दों की ज़रूरत भी नहीं पड़ी। क्योंकि कुछ रिश्ते कहने से नहीं, निभाने से बनते हैं। और हम... उसे निभा रहे थे।

वह दिन आया जब मुझे टूर्नामेंट के लिए जाना था।

मैं उसे ढूँढ़ रहा था। न जाने क्यों, दिल में एक अजीब-सी बेचैनी थी, जैसे कुछ अधूरा रह जाएगा अगर उससे मिले बिना चला गया।

वह लाइब्रेरी के पीछे वाले रास्ते पर मिली।

शाम उतर रही थी, और पेड़ों के बीच से छनकर आती रोशनी उसके चेहरे पर ठहर गई थी। हाथ में वही *फाउंटेनहेड* किताब थी, पर आज वह पढ़ नहीं रही थी। बस मेरा इंतज़ार कर रही थी।

"जा रहे हो, रोनिथ?"

मैंने हल्के से मुस्कुराकर कहा, “बस तीन दिन की बात है, रुमाल। मैं भाग कर वापस आ जाऊँगा।”

वह मुस्कुराई नहीं, बस धीमी आवाज़ से कहा। “तुम जीतोगे।”

उसकी आवाज़ में इतना विश्वास था कि एक पल को मुझे खुद पर उससे ज़्यादा भरोसा हो गया।

मैं मज़ाक से पूछा, "अगर मैं हार गई तो?"

वह बोली, “तो भी आना, क्योंकि तुम्हारी हार तुम्हें मुझसे दूर नहीं कर सकती।”

उसकी यह बात मैंने हल्के में ले ली थी। मुझे क्या पता था जीत ही मुझे उससे हमेशा के लिए दूर कर देगी। और कुछ कहानियाँ बिना कहे ही पूरी हो जाती हैं, बिना चेतावनी के खत्म भी।

उसकी आँखों में हल्की नमी थी। पर वह रोई नहीं। शायद वह भी जानती थी कुछ आँसू कहानी को और भारी बना देते हैं।

“रोनिथ... वहाँ... अपना ध्यान रखना।”

मैंने हल्के से सिर झुकाया, “तुम्हारे बिना कैसे रखूँगा, रुमाल?”

“मज़ाक मत करो, रोनिथ! ” उसने बहुत धीरे से कहा।

मैंने मज़ाक में कहा, “तुम्हारी पढ़ाई का क्या होगा मेरे बिना, रुमाल?”

वह हल्के से मुस्कुराई, “तुम्हारी भी तो हालत खराब हो जाएगी मेरे बिना।”

हम दोनों हँस पड़े।

अचानक वह थोड़ा और करीब आ गई। और मुझे गले लगा लिया। उसका सिर मेरे सीने पर आकर ठहर गया, बाँहें मेरी कमर के चारों ओर सिमट गईं।

मैं एक पल के लिए बिल्कुल स्थिर रह गया। साँस रुक गई। मैंने कभी उसे इतना पास महसूस नहीं किया था। उसके बालों की हल्की-सी खुशबू, उसकी साँसों की गर्माहट, सब कुछ मेरे दिल की धड़कनों के साथ मिल रहा था।

मैंने हिचकिचाते हुए अपना हाथ उसके कंधे पर रखा। वह और करीब आ गई।

“मैं वापस आऊँगा, रुमाल,” मैंने बहुत हल्के से कहा, उसके सिर पर हाथ रखा।

उसने बिना ऊपर देखे बस सिर हिला दिया।

कुछ क्षण वैसे ही खड़ी रही। जैसे उस क्षण को अपने भीतर सहेज लेना चाहती हो। फिर धीरे से मुझसे अलग हुई। उसकी आँखों में कुछ अनकहा था पर उसने उसे शब्द नहीं दिए।

“जाओ, देर हो जाएगी।” उसने हल्के से कहा। “जल्दी आना, रोनिथ।”

मैंने मुस्कुराकर सिर हिलाया, और मुड़ गया।

पीछे मुड़कर देखने की हिम्मत मैंने नहीं की क्योंकि मुझे डर था, अगर एक बार उसे फिर देख लिया तो शायद जा ही नहीं पाऊँगा।

मेरे हाथ में ट्रॉफी।

लोग ताली बजा रहे थे, साथी खिलाड़ी कंधे थपथपा रहे थे, "रोनिथ, तुमने कमाल कर दिया!" पर मेरे मन में बस एक ही ख्याल था।

प्रि। मेरी रुमाल।

मैं जल्दी-जल्दी कैंपस के अंदर आया।

सब कुछ वैसा ही था... वही इमारतें, वही रास्ते, वही पेड़। पर न जाने क्यों आज सब कुछ अलग लग रहा था। जैसे हवा में कोई अनकहा बोझ हो। मैं उसे ढूँढ़ रहा था। कॉरिडोर में, कैंपस की पगडंडियों पर, लाइब्रेरी के बाहर, मैदान पर हर उस जगह जहाँ वह अक्सर मिल जाया करती थी।

"रुम–प्रि को देखा?" मैंने कई लोगों से पूछा।

हर बार बस चुप्पी मिली। कुछ नज़रें मुझसे बचने लगीं, कुछ आवाज़ें धीमी पड़ गईं। दिल में एक अनजाना डर धीरे-धीरे आकार लेने लगा।

आख़िर मैं सर के कमरे तक पहुँच गया।

दरवाज़ा आधा खुला था। मैं बिना दस्तक दिए अंदर चला गया। वह खिड़की के पास खड़े थे, ठीक वैसे ही जैसे हमेशा खड़े रहते थे।

"सर..." मेरी आवाज़ खुद मुझे अजनबी लगी।

उन्होंने मुड़कर मुझे देखा। उनकी आँखों में कुछ ऐसा था जिसे मैं समझना नहीं चाहता था।

"सर... प्रि कहाँ है?" मेरी आवाज़ में उतावलापन था, "मैं... उसे ढूँढ़ रहा हूँ।"

उन्होंने मेरी ओर देखा। उनकी आँखों में एक ऐसा भार था जिसे शब्दों में छिपाया नहीं जा सकता।

"रोनिथ..." उन्होंने शांत से कहा, इतनी शांत कि डर और गहरा हो गया। "बैठ जाओ।"

"नहीं, सर!" मैंने तुरंत कहा, मेरे भीतर अब धैर्य नहीं बचा था। "आप बस बता दीजिए... मेरी रुमाल कहाँ है?"

कुछ क्षण तक उन्होंने कुछ नहीं कहा। फिर बहुत टूटते हुए स्वर में बोले।

"रोनिथ... तुम्हारे जाने के बाद... कुछ वरिष्ठ विद्यार्थियों ने प्रि साथ बहुत अन्याय किया..."

मेरी साँस अटक गई। शब्द जैसे धीरे-धीरे गिर रहे थे।

"उन्होंने... उसकी मर्यादा तोड़ी... उसे जबरन नशा कराया गया... और प्रशासनिक भवन से..."

कमरे में सन्नाटा फैल गया। मैं सुन रहा था पर जैसे कुछ भी सुन नहीं पा रहा था। मैं सोचा था सबसे पहले उसे दिखाऊँगा। कहूँग, *"देखो, रुमाल! मैंने कर दिखाया।"* पर... वह वहाँ नहीं थी। कहीं भी नहीं।

लोग कहते हैं प्यार इंसान को मजबूत बनाता है। शायद सही कहते हैं। पर यह भी सच है कि वही प्यार इंसान को अंदर से पूरी तरह तोड़ भी देता है।

मेरी रुमाल ने मुझे सिखाया था हार नहीं माननी। पर उसने यह नहीं बताया था, कि उसके बिना जीत का क्या मतलब होता है।

"नहीं," मेरे होंठों से बस इतना निकला, हाथ में पकड़ी ट्रॉफी धीरे से छूटकर ज़मीन पर गिर गई।

"सर... आप झूठ बोल रहे हैं... न?!" मेरी आवाज़ अब विनती बन चुकी थी।

सर की चेहरे पर कोई झूठ नहीं था। बस एक असहाय सच।

मेरी रुमाल की आवाज़ कमरे में गूँज गई, पर मेरे भीतर सब कुछ पहले ही टूट चुका था। मेरे सामने वही दृश्य घूमने लगा वह शाम... उसका मुझे गले लगाना... *"जल्दी आना"* कहना...

मैं वापस आ गया था। पर वह... मेरा इंतज़ार नहीं कर पाई। या शायद उसे इंतज़ार करने ही नहीं दिया गया।

मैंने सर की ओर देखा। पर अब आँखों में आँसू नहीं थे। बस एक खालीपन था। गहरा, ठंडा, और अंतहीन।

"कौन...?!" मैंने धीरे से पूछा।

कुछ पल तक वे चुप रहे जैसे यह प्रश्न वे टाल देना चाहते हों। पर सच कब तक छिपता? उन्होंने धीरे-धीरे कुछ नाम लिए। चार... शायद पाँच। हर नाम मेरे भीतर उतरता गया जैसे कोई जलता हुआ शब्द दिल पर लिख दिया गया हो।

वे लोग... अभी निलंबित किए गए थे। बस इतना ही। न कोई दंड, न कोई अंत।

मैंने सिर हिलाया और बिना कुछ कहे कमरे से बाहर निकल गया।

पीछे से सर की आवाज़ आई, "रोनिथ... रुको..."

पर अब रुकने जैसा कुछ बचा ही नहीं था। मेरे भीतर कुछ बहुत शांत हो गया। अजीब-सी शांति, जो तूफ़ान से पहले आती है।

मेरे कदम तेज़ होते गए। कैंपस की वही गलियाँ, वही इमारतें पर अब सब

कुछ अजनबी लग रहा था। जैसे यह जगह अब मेरी नहीं रही।

हर कदम के साथ एक ही बात गूँज रही थी।

मेरी रुमाल।

मैंने उन्हें ढूँढ़ लिया। वे लोग कॉलेज के पीछे वाले हिस्से में थे, धीरे-धीरे बातें करते हुए, जैसे कुछ हुआ ही न हो।

मैं उनके सामने जाकर रुक गया।

कुछ पल हम सब एक-दूसरे को देखते रहे।

फिर उनमें से एक ने हल्की-सी हँसी के साथ कहा, "क्या है?"

मैंने बस एक शब्द कहा, "प्रि।"

उसके बाद वहाँ जो हुआ उसे शब्दों में कहना आसान नहीं। न वह पूरी तरह क्रोध था, न पूरी तरह शोक वह कुछ और था, जो इंसान को इंसान नहीं रहने देता।

कुछ देर बाद वहाँ फिर सन्नाटा था और मैं पहले जैसा नहीं रहा।

मैं अकेला प्रशासनिक भवन के सामने खड़ा था।

रात गहरी हो चुकी थी। कैंपस की लाइटें जल रही थीं, पर उनके नीचे सब कुछ अजीब तरह से सूना लग रहा था।

यही वह जगह थी। यहीं से उन्होंने मेरी रुमाल को मुझसे छीन लिया था।

मैंने सिर उठाकर भवन की ओर देखा। दिन में यह इमारत साधारण लगती थी जैसे हर कॉलेज की होती है। पर आज... यह मेरे लिए सिर्फ़ एक इमारत नहीं थी।

यह उस अन्याय की गवाही थी जिसे कोई सुन नहीं पाया।

मेरे कानों में उसकी आवाज़ गूँजी, "जल्दी आना..."

मेरी उँगलियाँ धीरे से जेब में गईं। रुमाल और माचिस की डिबिया अब भी वहीं थी।

एक तीली जलाई।

छोटी-सी लौ अंधेरे में काँप रही थी। कुछ क्षण तक उसे देखता रहा। इतनी

छोटी-सी चीज़... और इतना बड़ा अंत।

वह रुमाल, जो कभी उसके स्पर्श से नर्म और सुकून भरा था, अब जल रहा है।

"मेरा रुमाल उसकी तरफ़ से सलाम पहुँचा रहा है।"

बूम।

मैंने उसे भवन के सूखे किनारे से छुआ दिया। पहले वह हल्का-सा सुलगा... फिर धीरे-धीरे उसमें आग फैलने लगी। धुआँ उठने लगा। कुछ ही पलों में लपटें दिखाई देने लगीं। आग फैलती गई। दीवारों पर चढ़ती हुई, खिड़कियों को निगलती हुई। आग ऊपर उठती गई। जैसे कोई दबा हुआ दर्द अचानक आसमान तक पहुँच जाना चाहता हो।

लोगों की आवाज़ें दूर से आने लगीं, "आग! आग!"

पर वह सब मुझसे बहुत दूर था। मैं वहीं खड़ा रहा। आग की रोशनी में सब कुछ साफ़ दिखाई दे रहा था, और फिर भी कुछ नहीं। मेरे भीतर जो टूट चुका था, उसकी तुलना में यह आग बहुत छोटी थी।

मैंने धीरे से कहा, "अब सब खत्म हो गया, रुमाल।"

मैंने आँखें बंद कीं। और वह दृश्य फिर से सामने आ गया, वह... मुझे गले लगाए हुए, सिर मेरे सीने पर टिकाए, *"जल्दी आना..."*

मेरे होंठों पर एक हल्की-सी मुस्कान आई, पहली और आख़िरी। "मैं आ गया, रुमाल।"

आग अब तेज़ हो चुकी थी। गर्मी मेरे पास तक आ गई थी। पर मुझे कुछ महसूस नहीं हुआ। क्योंकि सच्चाई यह थी, मैं पहले ही उस दिन जल चुका था जिस दिन वह मुझसे छिन गई।

मैंने एक कदम आगे बढ़ाया।

फिर एक और।

लपटें अब मेरे सामने थीं। और इस बार मैंने पीछे मुड़कर नहीं देखा।

समाप्त?

देखते रहिए... दर्द अब आवाज़ बनने वाला है...

खामोशी का शोर

खामोशी, ख़त, ख़ुलासा

तूफान आने वाला है... नॉशन प्रेस

आभार

मेरी प्रियतम माँ पुष्पा के नाम

जिन्होंने हर उस क्षण मेरा ध्यान रखा, जब मैं स्वयं को भूल बैठी। जब मैं शब्दों में उलझी रही, उन्होंने मुझे जीवन से जोड़े रखा। भोजन की एक थाली में, चिंता की एक मीठी डाँट में, और ममता की उस छाया में जहाँ थकान भी विश्राम बन जाती है।

वे अक्सर कहा करती हैं, "जो अपने अतीत को भूल जाता है, उसका कोई भविष्य नहीं होता।"

और सच कहूँ तो मेरा अतीत अनुभवहीनता, उलझनों, एक नवागंतुक के भोले अहंकार और प्रकाशन की दुनिया के शून्य ज्ञान से भरा हुआ था।

परंतु जैसे कोई गिरी हुई आत्मा दूसरे को मार्ग दिखाती है, वैसे ही "एंजेल" पुस्तक की लेखिका सुस्मिता मानस ने मुझे नॉशन प्रेस का मार्ग सुझाया। उनके इस छोटे-से सुझाव के बाद मुझे दो ऐसे सहायक मिले, जो मानो ईश्वर द्वारा विशेष रूप से भेजे गए थे, मेरी प्रकाशन सलाहकार संजुक्ता सोनवाल और मेरी प्रकाशन प्रबंधक फौज़ुनीसा। इन दोनों ने इस यात्रा के हर मोड़ पर मेरा हाथ थामे रखा और मेरे बिखरे हुए स्वप्नों को एक सजीव, मुद्रित रूप दे दिया।

मैं अपनी हृदय की गहराइयों से आभारी हूँ अपनी आत्मीय बहन रिया चौहान की, मेरी प्रिय पुस्तक-प्रेमी प्रियंका गौड़ा (प्रि) की, और अपनी शिक्षिका नसीमा मैम की, जिन्होंने मुझे हिंदी की इस सुंदर दुनिया में प्रवेश कराया।

साथ ही, मैं हर उस पाठक की भी कृतज्ञ हूँ जिसने अपना बहुमूल्य समय, अपना कोमल विश्वास और अपने हृदय में एक छोटा-सा स्थान देकर इस पुस्तक को अपनाया।

यह पुस्तक केवल मेरी नहीं है, इसमें आपकी छाप भी उतनी ही गहरी है जितनी इसमें मेरी धड़कनें समाई हैं। अपने अंतःकरण की गहराइयों से मैं आप सभी को धन्यवाद देती हूँ।

लेखिका की झलक

"फिल्में देखने वाली लड़की, अनजाने में लेखिका बन गई।"

खुशी, तिरुपति की रहने वाली और श्री वेंकटेश्वर विश्वविद्यालय में हिंदी की छात्रा, यह प्रमाण है कि पढ़ाई में उत्कृष्ट होना और भावनाओं में डूब जाना एक साथ संभव है।

जन्म से सिनेमा की दीवानी और भाग्य से किताबों की संग्रहकर्ता, वह मानती है कि जीवन केवल जीने के लिए नहीं, बल्कि महसूस करने के लिए होता है। उसकी लेखनी में प्रेम कोई कोमल भावना नहीं, वह एक युद्ध है।

जब वह लिख नहीं रही होती, तो गीतों में खो जाती है, फिल्मों में खुद को ढूँढती है, किताबों में दुनिया बटोरती है, समाज की सीमाओं को अनदेखा करती है और चुपचाप अपने भीतर एक सपना पालती है... एक दिन अपनी कहानियों से दुनिया को जीत लेने का।

www.ingramcontent.com/pod-product-compliance
Lightning Source LLC
LaVergne TN
LVHW090334210926
848480LV00004B/1410